中公文庫

他人の「何気ない一言」に助けられました。

６００万人が泣いた魔法の言葉

大手小町編集部 編

中央公論新社

本書について

読売新聞が運営する女性向けサイトに「発言小町」という掲示板があります。二〇一〇年の春、そこに「他人の何気ない一言に助けられた」というトピックが立ちました。投稿された「一言」の数々は大きな感動を呼び、その年でもっとも心に残ったトピックとして「ベストトピ賞」に選ばれました。翌年には一冊の単行本にまとめられ、多くのかたに愛読していただきました。

それから一〇年。発言小町は二〇周年を迎えました。これを記念して、単行本に新たな「一言」を加え、手軽な文庫版として刊行することになりました。「恋愛・結婚」「仕事」「家族」「出産・育児」「健康・体」。そして、新型コロナウイルス流行中の「一言」を集めた「マスクをしながら」。六つのテーマの中から、気になるところを開いてみてください。ミニコーナー「こんなところで…」では、シチュエーション別に「一言」を集めてみました。

あたたかい言葉の数々があなたの心にも届きますように。

「他人の何気ない一言に助けられた」　2010/04/19　14：23

はじめまして。
ふくろうと申します。

数年前の話です。
仕事も、資格の勉強も、家族とも、彼氏とも、
うまくいかず、毎日悩んでいました。

ある日、残業をしていて終電を逃してしまったので、
タクシーで帰りました。
家の近くにつき、支払いをすませて降りようとしたとき。

「暗いから気をつけて帰るんだよ」

と運転手さんが言いました。

なぜか、この一言がすごく嬉しかったんです。
家に着いてから、思いっきり泣いたのを覚えています。
泣いた後はスッキリしました。

なんでもない一言ですが、
当時の私はこの一言に助けられました。

みなさんも全く知らない人の一言に助けられたこと、ありませんか？

ふくろう

もくじ

こんなところで…

本書は「発言小町」のサイト上にアップされた投稿をもとにまとめています。「発言小町」上におきましては、転載・二次利用の可能性を了承の上で投稿していただいております。また誤字・脱字・用語の統一・改行位置、その他、主旨を変えない範囲で編集をした箇所があります。

他人の「何気ない一言」に助けられました。

600万人が泣いた魔法の言葉

恋愛・結婚について一言

二十代のころ、彼氏にふられ、
落ち込んで体調を崩してしまった私に
友人が言いました。

「おめでとう！
これで運命の人に一歩近づいたね」

持つべきものは友達だなあ。

セレブ妻

まわりの人が続々と結婚していくなか、私だけ一人ぼっち。
ため息まじりに結婚相談所に登録しました。
友人に「結婚相談所で相手を探そうかと思うんだ……」と話すと、
その友人が、

「ワクワクするね!!」

と、本当にワクワクした表情で言ってくれたんです。
私は予想外の言葉に驚きました。
そして、なんだか実際にワクワクしてきました。

yamane

また失恋をしてしまいました。
私の気持ちが強すぎて相手に避けられるという、
いつものパターン。

悲しさと自己嫌悪で、一睡もできなくなりました。
そのとき同居人が言いました。

「私たち女ならみんなそうよ」

その日から眠れるようになりました。

Pammy Lee

三十路《みそじ》目前で失恋し、
傷心で石垣島へ一人旅。

タクシーの運転手さんに話しかけられました。


「ダイビングにきたわけ?」

「いえ、ちょっとゆっくりしようと思って」

「あー、そう。おつかれさま」

「あと、嫁のもらい手をさがしに来ました」

すると、

「あなた面白いねぇ。

でも、あなたの相手はもう決まってるさー。

もしかしたらもう会ってるかもしれないし、
まだ会ってないかもしれないけど、
必ずそのひとと結ばれるわけ。
あせらなくても大丈夫」

失恋したなんて一言も言っていないのに、
察したように明るく励ましてもらえたのが
とてもありがたかったです。

他の誰かと結ばれるために失恋したんだ、
と前向きになれました。

うさぎのかめ

十五年くらい前、
つらい秘密の恋をしていた私。

「一生結婚もできず、
幸せにもなれないかもしれない」と、
思わず愚痴が口をついて出てしまいました。
すると、母が一言。

「ひとは、所詮《しょせん》ひとりなの。
結婚していようがいまいが、
しっかり自分の足で立っていないと

幸せになんかなれないのよ」

甘ったれた私を見抜いていたんですね。

何ひとつ不自由のない、
恵まれた専業主婦。
勝手に母のことをそう思っていました。

でも、母は母なりにいろんなことを乗り越えてきた、
立派な女性だったんですね。

親不孝

十年ほど前、おつきあいをしていた人のせいで、
肉体的に大きなダメージを被《こうむ》ることになりました。

でも、その人はもう私に関心を失っていて、
責任感だけが彼をつなぎとめていました。

できれば私から別れを切り出してほしい、
そう思っているのが、
ひしひしと感じられました。
とてもつらかったです。

そのままずるずると半年ほどが過ぎたとき。

ある友人が私に言いました。

「自己憐憫《れんびん》にひたっている場合じゃない」

それから、改めて自分の人生を仕切り直すことができました。
かわいそうにと慰められていたら、
そうはならなかったでしょう。

信用している友人からの厳しい言葉。
私のためを思って、
言ってくれたんだと感謝しています。

momo

大学在学中、長くつきあっていた彼氏と破局。

小さい学校なので噂はすぐ広まりますし、
別れ際に彼から「お前が悪い」などと言われて、
かなり落ち込みました。

そのとき、
すでに社会人として働いていた先輩が、

「その彼氏に、君を受け入れる
キャパシティーがなかっただけじゃない」

と言ってくれました。

私も社会に出てから、
世の中にはもっと
度量の大きな男性がいることを知りました。

いま、キャパシティーが大きすぎるくらいの男性と、
結婚して十二年になります。

BBC

数年前に、信じていた人に裏切られました。

くやしくてくやしくて……

おいおい泣きながら友人に当たりちらしていたら、

こう言われました。

「お前が裏切った方にならなくて、

本当によかったな!

信じた自分を誇りに思え」

なんだか、目からうろこが落ちたような気がしました。
たしかに、だまされた方でよかった。
信じたことも胸を張っていいんだ。
ほっとして心があたたかくなりました。
その言葉をかけてくれた友人がいまの恋人です。

NA―NA

三年間つきあって、
結婚しようと思っていた彼にふられたとき。
親友が、

「ふられたってあなたの価値が変わるわけではない」

と慰めてくれました。
ありがとう！　親友！

kei

同棲していた彼が逃げるように転勤してしまい、
一人で悩んでいました。
たまたま飲み会で同席した上司にその話をすると、

「卑怯《ひきょう》な男やね」

と言われました。
すべて自分が悪いのだと思っていた私には衝撃的でした。
とても救われました。

その後、その方とおつきあいをすることになり、もう二年がたちます。
いまはとても幸せです。

hana子

結婚の計画を進めていたある日、
突然、別れを告げられました。

何をしていても、後悔や自責の念、
彼への恨みで頭がいっぱいでした。

どうして私がこんな目にあうのだろう、
彼がいないならこの世に生きていても仕方ない……。
毎日どうやって死のうかと考えていました。

そんなとき、友人のお母さんに失恋したことを話しました。
すると彼女は微笑んで言いました。

「それはね、縁がなかっただけよ」

私のどこも悪くない。
そして彼が悪かったのでもない。
ただ縁がそこで終わっただけのこと。
それが運命だったのだ。

そう言われて、自分を責めていた心も
彼を恨んでいた気持ちも
すぅっと消えていきました。

ちびポメ

四十歳の頃、夫に彼女ができました。
夫の、本気の恋でした。

私は苦しみました。

ある晩、駅の改札口で夫を待っていました。
最終電車が近くなったころ、
近所の知り合いが声をかけてくれました。
「どうしたんですか？　僕、早い時間にもお見かけしたんですよ」と。
「主人を待ってるの～」と半泣きで答えると、彼は笑いました。

「待ちすぎ〜!」

……そうだったんです。待ちすぎだったんです。何もかも。
わたしは悲劇のヒロインになっていました。

ふっと心が軽くなり、
「もう待つのはやめよう」と思えました。

笑ってくれた彼に、今でも感謝しています。
その後、夫とは別れ、なんとか楽しく生きています!

あの頃

昨日は結婚記念日でした。
今朝、それに気づきました。

夫は、自分のやりたい仕事のため、外国に住んでいます。
昨日は音沙汰もありませんでした。

私から離婚を提案したこともありましたが、
なぜかそれは嫌なのだそうです。
子供にも恵まれず、
別れる気力もなく、別居婚を続けています。

以前、事情を知っている男性に、

「自分の選んだ道ではあるけれど、
幸せってなんだろうと思うときがあります」と言ったら、
「いまが自分の決めた結果だ、と言えるそのことが、
幸せなんだと思いますよ」

とおっしゃいました。

自分の来た道を情けなく思うとき、
いつもその言葉を思い出します。

ゆう

離婚したばかりのころ。
オカマさんのいるお店に行きました。

まだ元夫に未練があったので、
彼とよく似た声のオカマさんに、
酔って甘えてしまいました。

すると、そのそっくりな地声で、

**「もう離婚したんだ！
お前なんか用はねえ！」**

と言ってくれたのです。
そのあとに彼女は元に戻り、
「そういうものなのよ。もう忘れなさい」と
笑ってくれました。
あの一言は似ていたので、
よけいに目がさめるきっかけになりました。
酔いもさめたけど！

パトリシア1972※

前の夫からＤＶを受けていました。
子供たちの命もあぶない状態でした。

カトリックだったので、
教会へ相談に行くと、
「あなたが離婚を選択しても、教会は止めません」
とお許しが出ました。

そのとき戸惑う私の表情を見て、
教会の方が言ってくださったこと。

「人の心は傷つき、血を流しても、
傷口からまた花が咲きます」

だから、再婚だって望めます、と。
それまでは、もう自分の幸せを望む資格はないと
あきらめていました。
とても気持ちが楽になりました。

みみ

三年前に離婚しました。

未練はないものの、
なんともいえない空《むな》しさを感じていました。

友人に、
「なぜこんなことになってしまったのか。復讐したい」
といったら、こう一言。

「その人といたときより幸せになることが、
一番の復讐だと思うよ」

目からうろこが落ちたような気分でした。
それからは少し前向きに考えられるようになり、
いまは想いを寄せている人がいます。
これからどうなるかわかりませんが、
友人の一言を忘れずがんばろうと思います。

ほっしー

熟年離婚をしました。

収入は十分の一。
仕事も決まらず、不安でいっぱいでした。

幼なじみの二人がこう言ってくれました。

「これからは、私たちの家に
一週間ずつご飯を食べにくればいいよ。
何も心配しなくていいからね」

その後も、ずっと味方でいてくれました。
私のお財布を気にして、近くで会うときはお弁当を作ってきてくれました。

励まされて資格を三つ取得し、
趣味も楽しめるようになりました。
離婚したけど、人に恵まれ、幸せです。

花りんご

二十代後半だったころ。
僕はいつもイライラして、人を傷つけてばかりいました。

七年間、僕とつきあってくれていた彼女も
とうとう愛想をつかして去っていきました。

心が砕けました。

僕はメンタルトレーナーの先生に聞きました。
「人って変われますか？
穏やかになりたいんです」

すると先生は言いました。

「いい体験をしたね。
人は、地味な反復練習でしか変われない。
だから、必要なのは〝思い〟だけ。
君はかけがえのない体験をしたんだ」

あれから二年。
新しい知人には、穏やかだといわれます。

しずく

こんなところで…

電車やバスでの一言

仕事帰り、深夜の電車で。
おばあさんに席をゆずろうとすると、
「今は若い子の方が疲れてるんだから
座ってて」
泣きそうになりました。

maria

ひどいふられ方をして、
電車の中で泣いていました。
中年の男性が降りながら、
「明日、明日！」と肩をポンとたたき、
ミント系ガムをくれました。

苺

◆◆◆

中学生のとき、
通学途中の電車のなかで気分が悪くなりました。
せめてしゃがみたい、でも恥ずかしい。
耐えていたら、知らないおじさんが
「座りなさい！　座りなさい！」
と肩を押してくれました。

あのときはありがとう！

◆◆◆

通勤で利用していた都バスのアナウンス。
「バスが停まってから立ち上がって
ゆっくりお降りください。
時間がかかってもかまいません」
あたたかい言葉にとても嬉しくなりました。

アブラゼミ

彼氏と別れ、帰りの電車で号泣。
近くにいた男性二人が
「俺たちが盾になるから泣いていいよ」
と隠してくれました。

まりん

激務でいつも疲れていました。
帰りの電車で、前に座っていた女性が
「たまには肩の力を抜くと、楽になるよ」
とそっと言って、降りて行きました。
それからは、
肩が上がっていないかどうか、
自分で意識するようになりました。

はな

仕事でつらいことがあり、
ホームでうずくまっていました。
おじさんがペットボトルのお茶を
私に差し出して、
「明日はいいことあるよ！」
と手を振り、去っていきました。
あたたかいお茶でした。

COCO

十年ほど前は、人生のどん底でした。
つらい用事を済ませなければならず、
駅で乗り換えについて尋ねたら、
最後に優しく「いってらっしゃい！」。
その声にどれだけ励まされたか。
あの一言は決して忘れません。

ありがとう

仕事について一言

仕事で疲れ果て、体調を崩しました。
病院で看護師さんに相談すると、
こう言われました。

「忙しいんですね、大変ですね。
でも私にはがんばってて輝いて見えますよ」

思わず泣いてしまいました。
落ち込むといまでも思い出します。

おーえる

就職せず夢を追いかける、
と決心したものの、
まったく成果の出ない日々。

忙しいのはアルバイトばかり。

焦りがつのり、
なんにもしたくない、
どこにも帰りたくない。
そんな気分でいました。

すると、アルバイト仲間の留学生から一言。

**「今日よく寝たら、
あしたまた、いちからできるよ」**

「がんばれ」や、
「だいじょうぶだよ」ではなく、
「いちからできるよ」と言われたことが、
なぜかすごく嬉しくて。

その日は帰ってからわんわん泣いて、
ぐっすり眠りました。

さかな

あまりに高い目標に
挫折しそうだったとき、
ある人からいわれた一言です。

**「他の人だって努力しているんだから、
そんなにすぐうまくいくわけないよ」**

空回りしていた気持ちがふっと落ち着きました。

物事には段階があること。

そして、どんなに時間がかかっても、
一段ずつのぼっていけば目標に近づけること。
大事なことに気付かされました。

おかげさまで、
その目標を達成することができました。

いまは次のステップにチャレンジしています。

蕎麦

新入社員だった二十年も前のこと。
学ぶべきことが多すぎて、
どの知識も中途半端。

自信を失っていた私は、同期に、
「すべてにおいて力不足で情けない」
と愚痴を言いました。

そうしたらその同期は

「なんでもできる必要はない。

何か得意なものをひとつ見つければいい」

と言ってくれたのです。

胸のつかえがとれたようでした。

いま、子育てをしています。
この言葉を、
いつか子供にも言ってあげようと思っています。

咲くら

忘れもしない、社会人一年目。
立て続けに事故を起こし、
免許停止になりました。

車もなく、仕事もできず、
職場になじめず、先輩もキツい。
情けない、今日こそ辞めよう、
と思いながら、しぶしぶ参加した忘年会。
ステージでふざけていた顔見知りのおじさまが突然、
私のところに来て手を握り、顔をのぞきこんで一言。

「がんばれよ。俺はちゃんと見てるでな。

お前B型か？　だろうな。
B型はけっこうクヨクヨしちゃうだい。
わかるよ。
俺もそうだもんで気になっちゃうだい」

疎外感と情けなさで縮こまっていた心に、べたべたの方言があたたかく響きました。
その瞬間にふっきれて、その後、十年間も勤めました。いまでもその方とは年賀状のやりとりが続いています。

あみ

同じ場所をぐるぐるまわり、
一ミリも成長してないと悩んでいたら、
知人に言われました。

「人生は螺旋《らせん》階段」

同じところをまわっているようで、
見える景色は変わらなくても、
ほんの少しだけ上に進んでいる。

安心して、ホッとしたのを覚えています。

通りすがり

新入社員のころ、
失敗ばかりで落ち込んでいました。

すると、離れた席にいた先輩が
そっと言ってくれました。

「君ならできると思われたから
ここに配属されたんだよ。大丈夫」

「遠くから見ていてくれたんだ」
と泣きそうになるくらい励まされました。
あのときの言葉は一生忘れません。

もちぞう

自動車学校に行っていたときのこと。
マニュアル車の免許を取るため、
教官と一緒に乗車していました。

エンストを何度もしてしまい、
とても緊張してかたくなっていました。

そんなとき、教官にいわれた一言。

「いまのうちに、いっぱい失敗してくださいね」

一気にリラックスできたような気がしました。
失敗しても大丈夫なんだ、って。

先日、アルバイト先で新人さんが入ったときに
同じ言葉を使ってみました。

少しでも緊張がほぐれていたらいいな、と思います。

朝子

仕事を始めてから三ヵ月くらいのころ、
上司に言われました。

「ドラクエだってそうでしょ。
戦士になりたての人が
いきなりバトルマスターになれるわけじゃないんだから」

初めての業務に携わるときは、
この言葉を思い出しています。

バーバラ

二十代の頃、職場でいじめられていました。
なんでも私が悪いと責められ、
思いつめてどうしようもなくなったとき、
偶然、高校時代の友人から電話がありました。

「急に、会いたいなぁって思って」

こんな私に会いたいと思ってくれる人がいる。
そのまま号泣してしまいました。

翌日、会社をサボって二人で遊びました。
本当に救われました。

るり

入社して五年目。
仕事はどんどん増え、
下っ端《したっぱ》としての雑務は減らず、
あちこち走りまわってへとへとでした。

忙しすぎてミスも連発、
もう辞めてしまいたい……。
そんなときに同期が声をかけてくれました。

「俺にできることあったらなんでもいえよ。
困ったことがあったらいつでも話せよ。
力になるから」

その一言でとても救われました。

どんなに忙しくても、ちゃんと見てくれている人がいる。
そう思ったら、
つらくても逃げずにがんばろうと勇気が出ました。

同期は出世し、いまは本社で管理職になりました。
私は、いまでは立派なお局《つぼね》になって働いています。

ペンペン

昔の職場で店長をしていたとき。
毎日数字に追われて、
人間関係もうまくいかずもう限界……。
辞表を出そうかと上司に相談しました。

そうしたら、ガハハと笑って一言。

「売り上げなんか悪くても、
命取られるわけじゃないんだから、
がんばれ」

いつもは売り上げのことで追いつめるくせに……。
でも、そういわれたら辞める気もなくなりました。
不思議とその言葉だけはずっと忘れず、
他の仕事でつらいときも、
思い出してがんばることができました。

mimi

何もかもがうまくいかず、気持ちが荒《すさ》んでいました。
すると知り合いの男性が、

「あせらなくていい。
あなたは生きているだけでいい。
あなたという子が生まれてきたことに
大きな意味があるんだから」

と声をかけてくれました。

あっ、そうか……と妙に納得。
いまは生きていることを楽しんでいます！

maki

自動車整備工だった私。
大手企業に就職している同世代の友人たちが、
うらやましくて仕方がありませんでした。

自分は中卒だから夢も持てない、
などと愚痴っていると、先輩が一言。

「人間そんなに差はないよ」

あれから二十九年。
自分の会社を設立して、十一年目になります。
先輩どうしてるかなあ。

飛音

あまりにも仕事が忙しく、
ミスを繰り返してしまいました。
もうついていけないと思い、
退職したいと女性の上司に伝えると、

「ちゃんと仕事ができているのに
自己評価が低すぎる」

と言われました。

全然できていないと思っていたので、嬉しかったです。
その後、その上司からすすめられ、
がんばって資格を取りました。
あの一言がなければ、そのままだったと思います。
仕事で不調なときに思いだし、自分を励ましています。

ひろひろ

ヒステリックな女性上司に追いつめられ、
仕事に行けなくなってしまいました。

それ以降、どの職場に派遣されても怖くて怖くて、
泣きそうになるのを一生懸命おさえて働いていました。

ところがあるとき、派遣先の社員の方に、

「ミスをしても、次の日にはケロッとしてる。
イヤな気持ちを引きずらずに働いているね」

と言われました。

ホントは毎日ミスばっかりで、
自分が許せなくて、
いつ辞めようか、
私なんかいない方がいいんじゃないか？
ってずっと考えてたのに……。

いやみだったのかもしれませんが（笑）、
私ってそんなふうに見えるんだ、
と思ったら、すごく救われました。

ほっ

本社から地方営業所への転勤が決まり、
開いていただいた送別会の席でのこと。

直属の上司から、涙目でこう言われました。

「お前がいてくれてよかった。
助けられた。
ありがとう」

入社して十五年。
つきあいが下手で、
めだつことも嫌いで、
腹を割って話せる友人と呼べる人もいません。

でも、誰にも認められなくてもいい。
自分のやるべき仕事は最後まで責任をもってやろう。
そう自分に言い聞かせながら、
これまでやってきました。

自然とうれし涙がこぼれ、
男泣きをしてしまいました。

いまだに、人とうまくつきあうことができません。
でも、がんばっている人の存在に
気づいてあげられるようになりたいと心がけています。

べ

失恋をして茫然自失の毎日。
注文を受ければ数をまちがえる、
発注すればサイズをまちがえる。

とうとう、私のせいで上司が怒られてしまいました。
半泣きで謝りにいった私に一言。

「俺のこんな軽い頭なんて、
いくらでも下げてやる。
怒られるくらい、どうってことない。
そんなこと気にしないで、
早く元気になれ！」

部下の手柄は大きくほめて、
失敗は責めずにアドバイスをする。
「どこまでもついていきます！」と
思わせてくれる上司でした。

私も後輩をもつ立場になりました。

かつての上司のことを考えながら
後輩に接しています。

はと胸

お客様への対応がうまくいかず、
先輩に代わってもらいました。
私が謝ると、

「当たり前でしょ、
私が何年この仕事やってると思ってるの？
簡単に追いつけると思うなよ」

と笑われました。

「そうかー、しょうがないんだな」って気持ちが楽になりました。

その先輩は
「私が自信なさそうに遠慮してたら困るでしょ」と、
普段から、えらそうにしていました。

そのぶん頼りやすく、
面倒なことも引き受けてくれました。
尊敬できる先輩でした。

ハレルヤ

病気をしていた兄が自殺しました。
私が最初に発見しました。

葬儀を終えて迎えた週明け。

出勤すると、職場の上司も同僚も
「大丈夫だった?」と声をかけてきました。

心配されているのだとわかりつつ、
「大丈夫なわけがない!」と叫びたくなりました。

逃げるように自分の机へ向かうと、
普段仲良くしていた同僚が一言。

「おはよう、今日は曇っているね」

その瞬間、兄が亡くなってから初めて
肩の力が抜けました。

あのときは、「大丈夫？」って言わないでくれてありがとう。

なん

二十代後半、
仕事第一でがむしゃらに働いていた私。
一番忙しい時期に体調を崩してしまいましたが、
周囲の心配もはねのけ、
無理をしながら仕事をしていました。

すると支店長室に呼ばれました。
「なんや、具合悪そうやな。大丈夫か?」
「大丈夫です。ご心配をおかけして申し訳ありません」

「……なあ。
あんたがいなくても会社はつぶれへんよ。家帰り。以上」

強面《こわもて》の照れ屋な支店長がいってくれた一言です。

なんだか冷たい言葉のようですが、
プライドの固まりみたいになっていた私を休ませるには、
この言葉しかなかったんでしょう。
じわじわと優しさが伝わりました。

その後「仕事がすべてではない」と感じた私は、
結婚し子供を産みました。

育児でガチガチになると、
このときの言葉を思い出して
手抜きしちゃっています。

AO

こんなところで…

タクシーでの一言

夜中に破水してタクシーで病院へ。
「汚してたらごめんなさい」と
運賃を多めに出したら
「おめでたい送迎は、こっちも嬉しいよ。
がんばって」
と笑顔で返されてしまいました。

ひとりっこ

深夜、タクシーで帰宅中。
持ち合わせがなく「ここで降ります」と言うと
「若い女の子が遅くにダメだよ。気をつけなさい」
とメーターをとめ、最後まで乗せてくれました。

ミー

夫が脳腫瘍で倒れ、
急ぎタクシーで病院へ。
運転手さんに事情を話すと、
「知り合いも同じ病気を克服しました。
きっと良くなりますよ」
力強い言葉がとても嬉しかったです。

あい

新入社員のころ。
遅刻しそうになり
飛び乗ったタクシーの運転手さんの一言。
「がんばってるね。おじさんはね、
がんばってる人が好きなんだ」
あやうく泣きそうになりました。

りんご飴

仕事で心身ともにボロボロだったころ、
行き帰りにタクシーを使っていました。
インフルエンザで休んだあとの出勤で、
よく来てくださる女性運転士さんが、
「お電話がなくて心配していました。
お変わりないですか？」
と声をかけてくださいました。
ポロポロと涙がこぼれました。
その言葉がきっかけで自分をふりかえり、
休職する決心がつきました。

tenten

家族について一言

義理の両親と同居しています。
あまりの過干渉に悩んでいるとき、
こう言われました。

「実の親でもイライラすることがあるんだから、当然よ」

なんとなく、救われました。

としろう

私の母は、精神的な病気にかかっています。
一番ひどかったころは、
常に悪態をつかれ、
何をしてもののしられていました。

それでも実の母を捨てるわけにはいかない。
ストレスで病気になっても、
必死で母の面倒をみていました。

あるとき、知り合いのおばさんに

「ああいう人は、何をしても文句を言うのよ。

自分のペースで、
時間があるときに面倒をみるくらいでいいのよ。
死にはしないから（笑）」

と言ってもらいました。
霧が晴れるような感覚を覚えました。
自分が倒れたらだめなんだと、体を大切にしました。

あのとき、あんなふうに笑って言ってくれなかったら、
私もおかしくなっていたかもしれません。

Naoko

十歳にもならないころ。
暴力をふるう親から逃げ、
姉と二人で泣きながら歩いていました。
通りかかったおばちゃんが、こう言ってくださいました。

「つらいことがあるんかもしれへん、
でも負けるな。がんばりや！」

顔も覚えてないけど、お礼を言いたいなぁ。
いまとても幸せですよって。

すぬーず

母はキツい姑《しゅうとめ》に長く耐えてきました。
私もそれを見ながら育ちました。

姑が亡くなり、お葬式のとき。
みなさんは「ご愁傷さま」と言います。
でもひとりだけ、いきなりこう言った人がいました。

「長い間ご苦労さま」

母は大泣きしました。
それ以来、私もそういう方には
「ご苦労さまでした」と言うようにしています。

57歳マダム

今は亡き母が、特別養護老人ホームに入所していたころ。
母はひどい鬱病で、
会いに行っても笑顔もなく、感謝の言葉もなく、
つらい気持ちでした。

そんなある日、
同じ施設の認知症の男性が私の顔を見て、

「この人はいつも来る人！
いつも来て手伝っている、えらい人だよ！」

と大きな声で言いました。
施設の職員さんたちも頷いて
「そうね」と笑っていました。

そのときは私も笑ったのですが、
帰宅して思い出したら涙が出ました。

母も、私が「いつも来て」世話をしていたことは
わかってくれていたと思います。

椿

医療関係の仕事をしています。

遠方の病院から就職をすすめられ、
親元を離れるかどうか迷っていました。

両親はちょうど離婚調停中。
特に母が私を手放したくないようでした。

当時リハビリを担当していた男性に
そのことを打ち明けると、

「一緒にいるだけが親孝行じゃないですよ」

その言葉が後押しをしてくれました。
いまでも彼に感謝しています。

両親も離婚することになりました。
私も結婚して、
親の気持ちが少しずつわかるようになりました。

けちゃっぷ

母を自死で亡くしました。

それから約一年半しかたたないうちに、
父が再婚を決めました。
相手は私とそれほど年が変わらない外国の女性。

「悲しい。もう家を出ようと思っている」
と、思わず先輩にこぼしてしまいました。
すると

「いままで育ててもらっただけ、
ありがたいと思わなきゃ」

いろいろと苦労している彼女からの言葉。
わだかまっていた気持ちがふっきれました。
その後、希望していた職につくことができ、
新しい土地でいまの夫とめぐりあいました。
「いままで私は育ててもらってきた。
これからは、父も私もそれぞれの人生を歩めばいい」
心からそう思えました。
先輩の一言、ありがたかったです。

ぷるぷる

親の離婚で気持ちが荒《すさ》み、
学校でもいじめられ、
不登校になりました。

親が「情けない。非行に走るにちがいない」と嘆くと、
親戚がこう言ってくれました。

「あの子は悪い事をする子じゃないよ。
人様に迷惑をかけるような子じゃない。
頭のいい子だから勉強も取り返せると思うよ」

私にとっては一番嬉しい言葉でした。

その後、大学まで行って就職できました。
その親戚のおかげです。
信じてくれる人がいる限り、
がんばらないと、
って前向きになれましたから。

水の子

息子が仕事を辞め、
家に引きこもるようになりました。

たまたまスーパーで出会った知人に、
悩んでいることを話すと、
こういう言葉をかけてくれました。

「人間、お腹いっぱいだったら悪いことはしない。
悪いことをせず生きていれば、それでいいじゃない。
何も言わず、おいしいご飯を作ってやり」

おかげで、私は息子に
「ゆっくりしなさい」と言うことができました。
それから半年後。
息子は自分から、夫の仕事を手伝うようになりました。
十年たって、今では夫の大事な相棒です。

しいのみ

両親と姉の関係がうまくいかず、
私はいつも板ばさみ。

親と、私と、どっちをとるの？
私は小さいころから親に愛されなかった。
あなたはいつもかわいがられて、いいよね。

そう姉から迫られ、
つらい思いをしていました。

ところが、あるとき

友人がメールで言いました。
「お姉さんは、あなたの子供をすごくかわいがっているね。
お姉さん、あなたが好きなんだねえ」

はっとしました。
携帯を抱えて
泣いてしまいました。

そうか、愛情があるんだ。
大丈夫だって思いました。

kaya

私には障がい児の妹がいます。
物心つくころには
「なんでもできる、いい子のお姉ちゃん」
でいることを求められていました。

窮屈でしたが、
母が喜ぶのが嬉しくてがんばっていました。

そんなとき、ある法要の席で、
他の子と遊ばずに手伝いをしていました。
親戚のおじさんが突然ひざに抱き、
頭をなでてくれました。

「たまには甘えような」

嬉しくて、鼻がつんつんして涙が出そうになりました。
あのころの私はすごく無理をしていたんだと思います。
いい子でいようとするあまりに甘え方もわからなかった。

このことがきっかけで、
母に甘えることもできるようになりました。

あのまま甘え方を知らずに大人になっていたら、
いまごろは壊れていたかもしれません。

らん

小学校六年生のとき、父が亡くなりました。
四年間の闘病生活のあとでした。

私は父があまり好きではなかったので、
「死んでもいい」と思っていました。
そうしたら本当に死んでしまった。

父の死は自分のせいだと思い、
ずっと心のなかで謝っていました。

父の葬儀も終わり、
学校に登校した日の放課後。
担任の先生からこういわれました。

「神さまが、あなたはもう一人前だと思ったから、
お父さんを連れて行ったんだよ」

救われました。

それから私は、神さまを裏切ることはできないと、
母を思いやるようになりました。

あのとき、担任の先生の言葉がなかったら、
私はきっと自分を責め続けていたと思います。
N先生、ありがとう。

酷い子供でした

夫の浮気。
親の介護。
仕事。
いろんな問題が重なり、
暗い毎日を過ごしていました。

小学生だった息子と紅葉を見に出かけ、
五十代くらいのご夫婦に写真を撮ってもらいました。

すると、奥様が何気なくこうおっしゃいました。

「ママ、きれいね」

あとで写真を見ると、
笑顔で、幸せそうな自分がいました。

人間の心の中は、わからないものですね。
その後も、奥様のその一言が
私を引っ張ってくれました。
ありがとうございました。

真紀

十五年くらい前のことです。
当時は妻とよく喧嘩をしていて、
家に帰るのがいやでした。

同業の先輩と飲みにいったときに
そのことを愚痴ったところ、一言。

「どこも同じだよ！」

みんな一緒なんだと思えたら涙がでて、
なぜか全員で大爆笑。
ものすごく心が軽くなりました。

ユージ

急死した父の通夜でのことです。
私は父に何をしてあげられただろう、
と悲しみのなか考えていました。

そこに父の弟がやってきて

「これが兄貴の人生だった！」

と言いました。
酔っ払いでしたが（苦笑）
なぜかはわからないけど、救われた気がしました。

ナオコ

大切な娘が亡くなりました。
のたうちまわるような悲しみのなかでも、
やるべきことは、やらなければなりません。

役所に届けを出しに行きました。
順番を待ちながら、
「ここに出生届を出しに来たのに」と考えたら、
涙がとまらなくなりました。

すると係の人がそっと近付いてきて、

「大丈夫ですか？
きっと生まれ変わってきてくれますよ」

と声をかけてくれたのです。

子を亡くした親の気持ちに
寄り添ってくれたことが、
何よりもありがたく感じました。
それまでと違った、あたたかい涙が流れました。

マートル

夫の死を受け入れられず、
夜は、遺骨を布団の中に入れて、一緒に寝ていました。

半年ほど過ぎたころ、ある人から、

「そろそろご主人を自由にさせてあげたら？」

と言われました。
そこで、ようやく気付かされました。
遺骨はお墓に埋葬しました。

今は独身ならではの自由を謳歌しています。

みたの

「風邪で具合が悪いから、今日は寝てるよ」
それが父の最期の言葉でした。
母がパートから帰ると、父はもう息をしていませんでした。

エンゼルケアのあと、
父の口元がほころんで、笑っているように見えました。
看護師さんが一言。

「もう天国に着いていますね」

悲しみのなか、心が安らぎました。

ナチュラルオレンジ

数年前、父が他界しました。

まだ五十歳でした。
これから親孝行をしようと思っていた矢先でした。

喪主をつとめ、なんとか葬儀が無事に終わったとき、
住職が私に言ってくれました。

「今日は〇〇さん（父の名前）の最良の日ですね」
「え？」と聞き返すと

「息子さんが自分の葬儀の喪主を、

これほど立派につとめてくれるなんて。
最高の親孝行です」

その一言で号泣してしまいました。
父が誇れるような生き方をすれば、
それが親孝行になる。

これからも父に恥じないように生きていきたいと思います。

ひろ

こんなところで…

外国での一言

ブッタガヤで、
日本寺の住職様に聞いた。
「なぜ人は生きるのですか？」
「幸せになるためです」

バックパッカー

人生に疲れていた時期。

ベトナムのカフェで出会った
おじいさんが大きな声で、

「I'm the boss of my life！（私の人生のボスは私！）」。

一緒に叫んで元気になりました。

えちこ

慣れないイギリス生活で。
現地の方が私のことを
「日本から一人でやって来たbrave girl（勇敢な子）」
と紹介してくれました。

Hana

東南アジアの某国で。
タクシー運転手のおっさんが
「しーんぱーいないからねー」と
あやふやな日本語で歌ってくれ、
二人で熱唱。
運賃を払おうとしたら、
「No need ! You make me happy !
（楽しかったからいらないよ）」

暇人

海外に住んで二十年。
いまだに、一時帰国して日本を去るときには涙が出ます。
成田空港のカウンターで
職員の方が笑顔で言ってくれた
「行ってらっしゃいませ」に、
あたたかい気持ちでまた泣きました。

夜食なにしよ

出産・育児について一言

妊娠することができず、
生理がくるたびにがっかりしていたとき。

「イチローですら3割」

という言葉をインターネットで見ました。
あのイチローですら半分以上は失敗している。
それを知って、とても気持ちが軽くなったのを覚えています。
妊娠率と打率は、全然関係ないんですけどね（笑）

ami

つらい不妊治療に、
心身ともにボロボロになっていたころ。

近所の年配の女性がこう言ってくださいました。

「きっと前世ですっごくいいお母さんだったのね。
だからもう子育ての苦労はしなくていいのよ、
うらやましいわね。
今度は自分の人生、思いっきり楽しみなさい」

女性として劣等感すら覚えていたところに、

なんだかほめてもらったようで、
すごく気持ちが楽になりました。

もし子供ができなくても、
自分たちの人生を楽しもうと心から思えました。

いまや結婚して十三年がたちましたが、
子供は授かっていません。

夫と仲良く、充実した幸せな毎日をすごしています。

とみ

第一子を流産してしまった三年前のことです。
幼なじみがいち早く外に連れ出してくれ、
言ってくれた言葉。

「元気なだけで、それだけでいい」

あぁそうか、生きているだけでいいんだなぁ、
と目の前が明るくなった感じがしました。

ぎんま

先天性の重い病気を持った子供を育てています。
子供がまだ集中治療室にいたころ、
看護師さんに声をかけられました。

「大丈夫。子供の回復力は計《はか》り知れないから、
きっと元気になりますよ」

子供は一年近い入院のあと、家に戻ってきました。
彼女のおかげで「絶対よくなる」と
信じてすごすことができています。

はるみ

息子の障がいが判明して、
毎日思いつめていました。

子供の手を握りしめて、
行きから車を見つめながら、
いっそ飛びこもうかと思っていたときです。

通りすがりのビジネスマンが、

「おっ、かわいいな！」

と言ってくれたんです。

全く見ず知らずの、忙しそうな男性が、
息子をかわいいと言ってくれた。

私の子供は、他人さまから見てもかわいいんだ。
じゃあ、もう少し生きていてもいいかもしれないと思いました。

あのつらかった日々、
何人もの通りすがりの方が、
息子をかわいいと言ってくれました。

情けない母親のために、
菩薩《ぼさつ》さまが、降りてきてくださったのかもしれません。

情けない母

娘が一歳前後のころ。
離乳食をまったく受けつけず、
母乳しか飲みませんでした。
夜泣きは一晩に十二回も。

憔悴《しょうすい》して娘を抱き、
とぼとぼと川沿いを歩いていたら、
近所のおばあさんが話しかけてくれました。
事情を話すと、

「おっぱい飲むんやろ?

それでええやんか、
こんなにぷりぷり肥《こ》えとるのに、
悩まんでもええやんか」

あ、いいんだ、とふっきれました。

相変わらず長女には悩まされますが、
あのおばあさんの一言に
いまでも励まされている気がします。

どな

息子が離乳食を受け付けず、
一歳過ぎてもほぼミルクでした。

健診で相談したら、

「十歳でミルク飲んでる人、いますか？」

その瞬間「あ、そうか」と思いました。

インターネットの情報をあさっては、
勝手に不安になっていました。

「おおらかに構えていればいいいんだな」と少し楽になりました。

とつこ

幼い娘が痙攣《けいれん》を起こしました。
初めてのことで驚き、一一九番にかけました。
でも、救急車が着くころには、娘は落ち着いていました。
大げさだったのかと複雑な気持ちで病院に到着。
救急外来の看護師さんが声をかけてくれました。

「不安でしたね。よくぞ連れて来てくれました」

肩の力が抜けて心底ホッとしました。

ママ

娘が三歳くらいだったころの話です。
散歩から帰るとき「だっこ〜」が始まりました。

「もうすぐだから、がんばって歩こう」と
私は少し先で待っていました。

そのうち子供が泣き始め、
通りすがりの人に「かわいそう」などと言われる始末。
すると年配の女性が

「お母さんえらいね〜。
駆け寄って抱くのは簡単だもん。

お母さんもがんばってるから、
あなたもがんばって！」

と子供と私に声をかけてくださいました。
夫から子育てのことでいろいろと言われ、
精神的にパンパンだった私。

歩いて来た娘と手をつなぎ、
泣きながら帰りました。

ぱぴぱぴ

三ヵ月の息子と、
新幹線で夫の実家に向かっていました。
はじめての育児で身体も心もへとへと。

お姑さんに会うのが気が重い……と、
息子の顔を見ながらため息をついていたら
隣の席のおばさまが、

「かわいいわね。
あなたの顔をずーっと見てる。

ママのことが大好きなのね」

なんだか泣きそうになってしまいました。
そうかぁ、私のこと大好きなのかぁ……って。

暗かった気分も、身体の疲れもスッキリ。
嬉しそうに孫を抱くお姑さんを、
笑顔で見守ることができました。

のだめ

乳児だった息子と、
イヤイヤ期まっただなかの娘をつれて
銀行のATMに並んでいました。

順番がきたとたんにベビーカーの息子がぐずり出し、
まだ腰も座っていない息子を抱いて、
片手でATMを操作。
冷や汗が出そうでした。

すると、後ろに並んでいたおばさんが息子を抱っこしてくれ、
お友達のもう一人のおばさんと

「少子化、少子化っていってるけど

こんな若いお母さん、がんばってるんやなぁ。
えらいえらい」

と話しているのが聞こえてきました。
評価されない育児に行きづまり、
自信をなくしていた私。
かなり込みあげるものがありました。
いまでも思い出すと　鼻がツーンとします。
私もあんなおばさんになりたいです。

プリン

初めての子供を出産し、
実家に里帰りをしているときのこと。
子供が何をしても寝てくれません。
辛抱しきれず泣きながら、
自宅にいる夫に電話したら一言。

「まだ、ねむたないんちゃう？」

なんだか肩から力がスーッと抜けました。
夫は覚えてないでしょうけどね。

ええトピや〜

娘が生後三ヵ月ごろのこと。
定期健診で総合病院を訪れました。
待合室で娘がむずがりだし、
周囲の方に迷惑ではないかとひやひやしていました。

すると隣にかなりご高齢のおじいさんが座りました。
ぐずる娘をじーっと見つめて一言、

「こどもは、国の宝じゃ」

とゆっくりおっしゃいました。
思わず涙があふれました。

coco

初めての子がまだ一歳だったころ。
婚家の親戚が訪ねてきました。

家族は誰もおらず、
ひとり緊張しながらお茶を入れたりしていました。

部屋は片付けの途中でぐちゃぐちゃ。
「見苦しくてすみません」とあやまると、
親戚はこう言ってくれました。

「それが子育てよ。

自分のしたいこといっぱいあるでしょ？
でも思うようにできないでしょ？
それが子育てよ」

なるほど！　そういうことか！

掃除や片付けがすすまず、ため息ばかりだったあのころ。
ドンピシャのタイミングで心に響き、
助けられた一言でした。

ばにこ

主婦湿疹《しっしん》がひどくて、
いつも手の皮がぱっくり割れてしまう私。
通っていた皮膚科で私の手を見た先生が

「奥さん、ようがんばっとるねぇ。がんばりすぎやわ」

とおっしゃいました。
子育てや家事はめったに評価されませんので、
とても嬉しく感じました。

ダラ奥

仕事で疲れて眠っていると、十歳と七歳の息子たちが話してました。

「お母さん、かっこいいね。
仕事もして家のこともしてるんだもんね」

ずっと、かっこいいお母さんでありたいと思います。

rin

仕事と家事と育児。
うまくこなすことができず、
長年勤めてきた会社を退職することにしました。
最後の勤務日。
お世話になった方々に挨拶をしてまわりました。
「辞めるなんてもったいない」という方が多いなか、
ある年配の女性がこう言ってくださいました。

「子供との時間は取り戻せないんだよ。

あなたはいい選択をした。
充分に愛情を注いであげなさい」

それまで押さえていた気持ちが、
涙といっしょにあふれ出しました。

子育ての先輩からの一言、
本当に嬉しくて救われました。

まっし

妊娠中、つらい体をおして
朝から晩まで働いていました。

やっと産休まであと一日というとき。
男性の上司が、
私の仕事をしている姿を写真に撮ろうと
言ってくれました。

照れて断ると、

「これは生まれてきたお子さんが
大きくなったときに見せてほしいから。

お母さんはこんなにがんばってたんだよって
見せてあげて」

その言葉で涙があふれ、
職場のトイレにかけこみ泣きました。
ずっと気を張ってた糸が切れたように。

子供が大きくなったら、
いつか必ず見せたいと思います。

はる

娘が二歳になる前のころ。
少しでも思い通りにならないと
どこでも泣きわめき、暴れるので
悩んでいました。

ある日、夕方の買い物をなんとか終え
自宅のマンションまで帰ってくると、
先輩ママさんとお子さんたちが遊んでいました。

「あら、大きくなったわね〜」と先輩ママ。

「最近、全然言うこと聞いてくれなくて……」と私。

「いま何歳だっけ?」

「もう少しで二歳です」

「そりゃ、聞かないわよ～！
言うことなんて絶対聞かない！」

え？　そうか！　聞かないんだ！　なんだ、そうか！
とスッと心に光がさしました。

あの一言がなかったら、
まだ小さい娘を追いつめてしまっていたかもしれません。

ありのままの娘を認めることができた、
魔法の言葉でした。

panaco

寝ない息子を連れて、
真夜中にスーパーへ行きました。

レジのおばさんに、

「そうそう！　寝ないのよねぇー！
でもかわいいのよねぇ、
困っちゃうわね、ウフフ」

と言われました。
あたたかい気持ちで、
泣きながら帰りました。

でぐ

息子が一歳で保育園に入り、
パートを始めました。

初出勤日に、
「一歳の子供がいます。
急な欠勤でご迷惑をおかけするかもしれません」
と挨拶をすると、

「お子さんはみんなで育てていきましょう」

と言われました。
心がスッと軽くなりました。

おきたっちありがとう

娘がまだ一歳くらいのころ。

買い物の途中に
アンパンマンのチョコレートが欲しいと
駄々をこねられてしまいました。

まだ食べさせられないので困っていると、
レジにいたおばちゃんが、
おせんべいの袋にマジックで
アンパンマンの顔を書いてくださいました。

そしてこう一言。

「みんなこうやって大きくなるのよ」

イライラした気持ちがふっと治まりました。
娘はおせんべいを持ってニコニコ。
いまでもイライラすると、
あのときのおばちゃんの言葉と、
手書きの優しいアンパンマンを思い出します。

りー

子供の発語が遅く、
定期健診の先生から
「遅い！　遅すぎやろ！」
といわれたことがあります。

悩んでいたので、本当にこたえました。
カウンセリングの女性に相談すると、

**「この子はね、言葉の器《うつわ》が大きいのよ。
いま、しっかりためているの。
そのうちあふれ出すようになるから」**

と言ってくださいました。

人に相談するのも怖くなっていたのですが、
このあたたかい言葉にとても救われました。

その通り、間もなく、
あふれてあふれて止まらなくなりました。

そんな息子も、今年で中学二年生になりました。

mofmof

息子が歩き始め、後追いが始まりました。
一日中、常に緊張状態でへとへとの日々。

ある日、町まで出かけ、
バス停でベンチに息子を座らせました。
息子は「ママも座って」と言いながら、
自分の隣りをポンポンとたたきました。

すると、そこに座っていたおばさんが、
スッと立ち上がってしまったんです。

「どうぞ座ってください」と慌てていうと、
そのおばさんは、私を見て、
きっぱりとおっしゃいました。

「この子がママ、ママっていうのは今だけなのよ。
あなたが隣りに座りなさい」

私は、ありがたく座らせてもらいました。
今春、息子は中学校を卒業しました。

このことは、ついさっきの出来事みたいに、
はっきり覚えています。
子育てのつらさのなかで仏さまに会ったようでした。

今度は、私が誰かの助けにならなければ……と思う毎日です。

きな子

夫の海外赴任で、
五歳の息子と一歳の娘を連れて、移住しました。
日中は、子供たちとずっと三人。

当時、日本との連絡は、郵便かファックスだけ。

英語を話せない私は、現地の方と交流もできません。

数カ月経ったころ、私はふさぎこんでしまいました。


五歳の息子がこう尋ねました。

「お母ちゃんどうしたん？　俺なんか悪いことした？」

「違うねん。お母ちゃんは大人の女の人といっぱい話したいねん」

そのまま子供たちの前で大泣きしてしまいました。

すると息子が一言。

「しょうもなー。そんなん俺、無理やん」

さっきまで大泣きしていたのに、
大笑いしてしまいました。
「ほんましょうもないな。ごめん」
とても励まされました。

そんな息子も、先日入籍しました。
来年は海外に赴任します。
つらいことがあっても
奥さんと力を合わせて乗り越えてほしいです。

モフモフ

こんなところで…

お店での一言

宝塚を受験して落ちました。
地元の喫茶店で泣いていると、
「人生、これからや！」
「あなたを応援してる人が、大阪には
ぎょうさんおるで！」
店中の人が口々に励ましてくれました。

月組

山の頂上までたどりつけず
戻ってきました。
ふもとの茶屋のおばあさんにそう告げると、
優しく「また出直しておいで」
素直にそうしようと思いました。

たつくり

悩みがあってつらかったとき。
あるお店のレジに行ったら、
おじさんが「元気ないなぁー」と
私の手に自分の手を重ねてくれました。
大きなあたたかい手でした。

お店はもうない

生活に追われ、いつも急いでいる私。
コンビニのレジに並ぼうとしたら
先にいたおじいさんが
「オラは明日の朝までに帰ればいいから」
とおどけながら譲ってくれました。
笑いつつも自分が恥ずかしい。

ハナコ

就活中に寄ったコンビニで。
店員さんが、レジを打ちながら、
スーツ姿の私を見て
「今の時期、大変ですよね。
がんばって、いってらっしゃい！」
と笑顔で送り出してくれました。

ちゃき

主婦は、心がひりひりと痛む日も
普通の顔をして
買い物に出かけます。
そんなある日、
スーパーでキャベツを選んでいたら
隣でおばさんが笑いながら、
「キャベツ高いわあ、ねえ？」。
「ほんとですね」と答えながら、
気持ちが明るくなりました。
誰にでも話しかけちゃうおばちゃん、
最高です。

くるみコーヒー

首がすわったばかりの息子と、
スーパーへ。
買ったものを袋に詰めようとすると、
息子が大声で泣き出しました。
すると、通りすがりのご婦人が
「よかったらレジ袋に詰めましょうか」。
店員さんも
「気がきかずすすみません、私にやらせてください」。
息子と一緒に、
私まで泣いてしまいました。
もうずっと昔の話です。

匿名

健康・体について一言

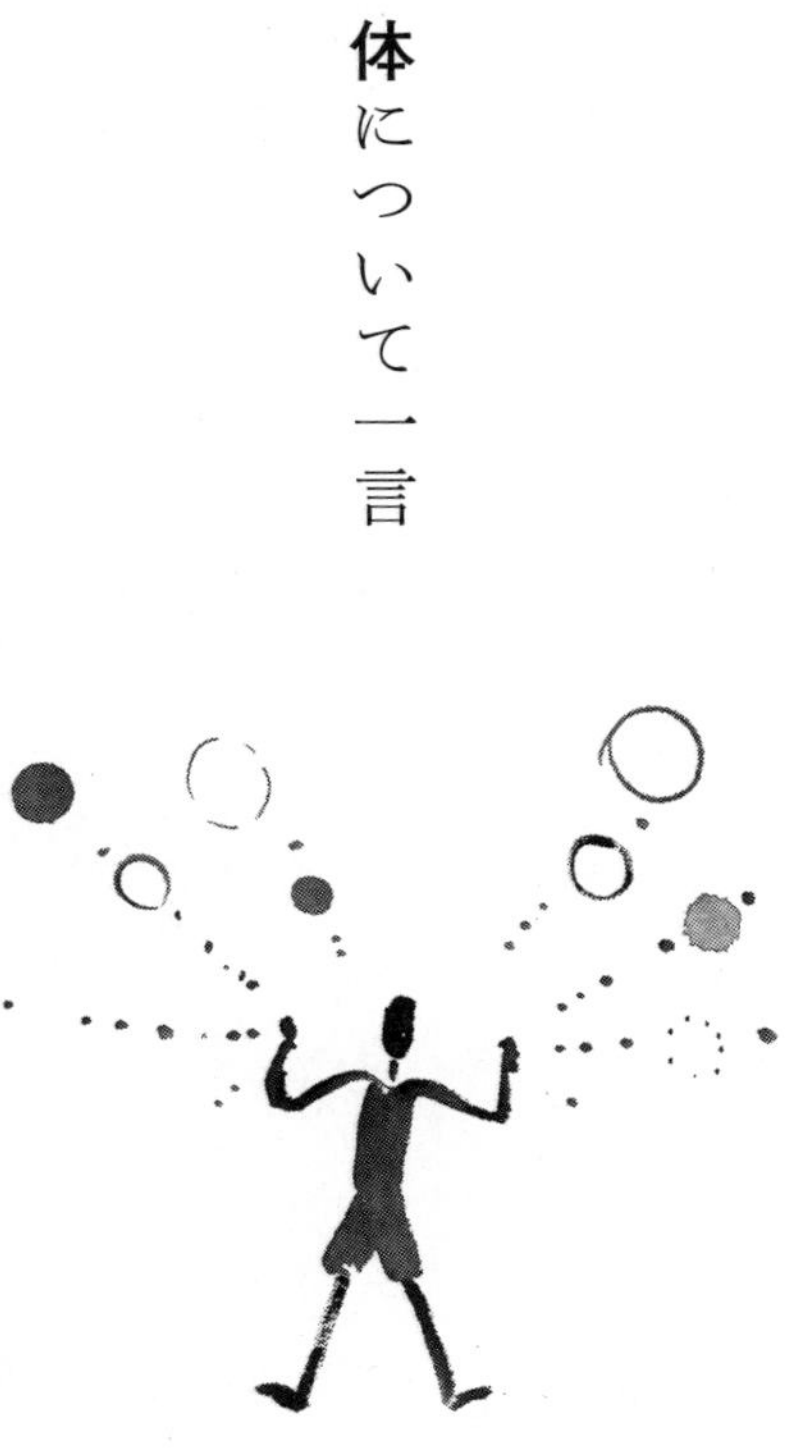

若いころ、円形脱毛症になってしまいました。
一生、美容院に行かないわけにはいかないので、
勇気を出して初めてのお店に行きました。

「あ～、コレ、ぼくもなったことあるんですよね」

と美容師さんに言われ、
ホッとしたのを覚えています。
見事に自然な一言でありがたかったです。

ごひゃくえんだま

私には持病があります。
その病気のため、右目が斜視で、
常にすがめたようになってしまいます。

このせいで小学生のころ、いじめられていました。
あるとき、運動会の練習で
名前も知らない他のクラスの男の子が
「その目、どうしたん?」
と聞いてきました。

私は「またこの質問か。イヤだなぁ」と思いつつ
「生まれつきなんよ」と答えました。

すると彼は、しみじみと

「ふ〜ん、かわいそうやね」

と言ってくれました。

素直に同情してくれる人の存在が、
泣きそうになるほど嬉しかったのを覚えています。

彼の一言があったから、
いじめられても卑屈にならずにすんだのかもしれません。

rekku

生死に関わるほどではないのですが、
小さいころから、
ある病気を抱えていました。

成長するにしたがって、
見た目にも、体の機能的にも
影響が出てきました。

母に相談しても「気にならないわよ」と言われ、
相手にしてくれません。
社会人になってから自分で勉強し、
病院へ行きました。

診察が終わってから、女性の先生が

「よく勉強なさって、よく決心しましたね」

と言ってくださいました。
優しい言葉に、涙がにじみました。
相談相手もいないなか、一人で準備してきて、
どんなに勇気づけられたことか。

私も、思いやりのある言葉を
恥ずかしがらずにかけてあげられるよう、心がけたいです。

なぎさ

仕事が忙しくて体をこわしてしまいました。

人の二倍は働かないと結果が出せない。
そう思いつめてがんばっていたのに、
体がいうことをきかない。
自分はなんてダメな人間なんだろう、
と精神的にまいってしまいました。

とうとう円形脱毛症になってしまい、
治療をしてもらいながらぼーっと座っていたら、
突然先生がポツリと。

「病気になるほどがんばるってすごいことだよ。
これまでの人生、

あなたのその真面目な性格は
損したことよりも得したことの方がたくさんあったはず。
自分を嫌いにならないで」

家に帰ってからなんだか泣けてきて、
いっぱい泣いたらすっきりして、
自分で自分を追いつめていたことに
やっと気付けたような気がしました。

あれから十年。
なんとかやってこられたのは、
先生のこの言葉のおかげかな。

あちゃみん

パニック障害でしばらく入院しました。
良くなってきたときに発作が起き、
「また元に戻ってしまった」と絶望しそうになりました。

すると、同室の患者さんが

「人間だもの。いろんな気持ちになる。
いちいち落ち込んでいてはダメだよ」

と言ってくれました。
良い意味で開き直ることができ、
それからはグングン快方に向かいました。

風来坊

同じ病院の患者どうしで雑談をしているとき、
いつも穏やかな笑顔の人が一言。

「そんな日もあるよ〜」

それ以来、「いろんな日があるよ、大丈夫だよ」って思っています。
その人は、難病指定の患者さんでした。
今でも、元気かなと思い出します。

ななみ

長男が二歳のとき、
私の不注意でやけどをさせてしまいました。

痛みと恐怖で泣き叫ぶ長男。
慌てて緊急外来で診察してもらいました。

幸い、やけどの状態は軽いものでしたが、
私は申し訳ない気持ちで
押しつぶされそうになっていました。

すると看護師さんが先生を指さしながら、

「息子さんのやけどを治すのはこの先生の仕事！

心の傷を治すのはお母さんの仕事！
大丈夫！　心配ない！」

と明るい声で言ってくれました。
肝《きも》っ玉母《たま》さんみたいな看護師さんで、
先生も苦笑い。
でも、救われたような気持ちになり、
泣き笑いしながらうなずいていたのを思い出します。

どりどり

重症筋無力症を発症し、
障がい者になってしまいました。

毎日がつらくて悲しくて、
愚痴ばかりこぼしていました。
そんな私に叔母が真剣な顔で言ったことです。

「そんな気持ちのままで生きていくのは、
もったいないよ。
まだまだ生き直せるよ。
まだ間にあうよ」

幼くして両親と別れ、
苦労して育ってきた叔母の言葉です。
末っ子で守られて育ってきた私の胸に
ずーんと響きました。

「叔母さん、ありがとう。生き直せる気がする」
と答えてから四年がたちました。

私はいま、毎日をいきいきと、
人の優しさに感謝しながら暮らしています。

ゆきやなぎ

三十歳を過ぎてすぐのころ、
胃がんの手術を受けました。

死への恐怖。
抗がん剤のつらさ。
不安で凝り固まっていた私の心に
この言葉が飛び込んできました。

「人間の死亡率は100%だよ」

そうだなぁ、誰でもいつかは死ぬんだ。

私もいつ死ぬかはわからない。

死というものは当たり前に、
誰にでも訪れるものなんだ。
そう考えたとたん、気が楽になりました。
そのまま十年。
結婚をして、今年は子供が生まれます。
いつ死んでも後悔がないように、
いつも頭のすみに置いている言葉です。

胃がんサバイバー

私の父はがんで亡くなりました。

一年あまりの闘病生活。
手術、転移、抗がん剤投与を経て、
在宅療養に切り替えました。

娘や孫に見守られながら、十七日目。
息が苦しいと　遠慮がちにいう父。
慌てて一一九番をしましたが、間に合いませんでした。

すでに母を亡くしていたので、とてもつらい別れでした。
でも搬送先のお医者さんがこう言ってくださいました。

「よくがんばったね、お父さんも、娘さんも」

その言葉に、はっとしました。

父は病気に負けて亡くなったのではない。
病気に負けなかったから、
いままでがんばることができたのだ。

一年分の涙があふれました。
ありがとうの気持ちと共に。

ぷーみん

進行性のがんで余命を告知されました。
絶望し、誰とも口をききませんでした。
すると、隣のベッドの九十四歳のおばあさんが一言。

「戦争がない時代に寿命を終えられるのは、
ごほうびだよ。
死ぬも生きるも、みな平等」

目からうろこが落ちたように感じました。

ぴあの

ある難病にかかり、入院しました。
これからの人生、どうなってしまうのか。
不安でいっぱいだった私に、
入院中に仲良くなった人たちが言ってくれました。

「つらいときは俺らがいる。
一人じゃなくて、みんなで乗り越えていこう」

病室に戻ってから隠れて泣きました。
おかげで、病気ともちゃんと向き合えるようになりました。

じゅん

八年前、乳がんにかかりました。

抗がん剤を開始するとき、
主治医が笑顔でこう言ってくれました。

「ずっときついわけじゃない。
衛生管理に注意すれば、仕事や趣味もやめなくていい。
抗がん剤治療は普段の生活の延長上にある」

私には励みになる言葉でした。
がん治療は希望を持つことが大事です。
おかげさまで、前より健康に過ごしています。

サラ

三十代だった夫にがんが見つかりました。

幸い早期発見でしたが、

「なんで私の夫が」と落ち込みました。

そんなとき、

「見つかって良かったねー！」


と言った友人の言葉に救われました。

「治療に耐えうる体力のあるうちで良かった」

と思えるようになりました。

40代

長期にわたり入院していたことがあります。

あるとき私は、
処置に来てくれた研修医と看護師さんに、
「がんばって早く元気になりたい」と言いました。

すると二人はこう言ってくれました。

「がんばるのは、私たちの仕事。
あなたは、もう充分がんばってるよ」

なかなか病状が改善せず、
つらいという言葉では表せないくらいの、
苦しいなかでいただいた一言でした。

本当に心に響きました。

ありがとう、大学病院のみなさん。

おかげさまで、
いまでは普通の生活が送れるようになりました。

ヂョディー

十年前、
それまで事務員として勤めていた病院に、
入院することになりました。

娘と二人暮らしで
ほかに頼れる親戚もなく、
「早く退院しなければ」と、
そのことばかり考えていました。

手術前日の夜、病棟のなかで
たまたま知り合いの医師に会ったら

「緊張してるね」

と言われました。

自分でもまったく気付いていなかったのに、
いつもと違うと目をとめてくれた。
そのことがとても嬉しく感じられました。
その先生の優しい人柄のおかげもあって、
ホッとしたのを覚えています。

Y

夫の浮気や、私の不妊が原因で、
離婚することになりました。

ストレスからか婦人科系の病気になり、
手術をすることになりました。

術後の経過も悪く、
食後のお膳を数メートル運ぶだけでも
しんどかった。

すると同じ病室の向かいにいらした方が
ふっと私のお膳を取り上げて

「いいから寝てなさい。
そんなに顔色悪いのに」

と片付けてくださいました。

素直ないたわりのこもったその声が
いまも忘れられません。

その方はそれから三日後に退院していかれ、
お礼を述べることもできませんでした。
心からありがとう、と言いたいです。

comomo

母が脳出血で倒れました。
意識こそ回復したものの半身不随。
娘の私は、朝夕ずっと一人でつきそっていました。

病室にはじめて作業療法士の方が来た日のこと。

小柄な女性のその人は、
母の横にある小さな椅子にそっと腰かけました。
そして、母の名前を呼び、こう言いました。

「いま、何か困っていることはないですか」

じっと母の眼を見ながら、
おだやかな、落ち着いた声音で。

それは、「病気」をみるのではなく
「人」に語りかける言葉でした。

ベッドの横にいた私は、
ぐっと胸がつまるような気持ちになりました。
はじめて自分の気持ちを救ってくれる人が
現れたように感じたのです。

入院してすでに数カ月たっていました。
あの人の笑顔、たたずまいは忘れられません。

Akina

結婚して四年目。
突然、妻が植物状態になってしまいました。

原因は不明。
パニックになりながら、
勤務先と病院の往復を続ける日々。

とうとう貯金も尽き、何もかも終わりだと思って
市役所に出向きました。

すると、丁寧に相談に応じてくれ、
いろいろな制度の説明をしてくださいました。
途中で、その方が一言。

「ご主人若いのに大変だったねぇ。
ひとりじゃないんだよっ」

力が抜けて、泣きました。
それから両親、兄弟、親戚に助けを求め、
みな交代で毎日つきそってくれました。

その甲斐《かい》あってか、妻は二年後に目覚め、リハビリを経て回復。
病院でも奇跡だと言われました。

いまでは後遺症もなく普通に生活していて、とても幸せです。

けい

マスクをしながら一言

コロナウイルスへの恐怖で心身ともに参ってしまい、
体調を崩して家にこもっていました。

そんなとき、医師である友人が、
こんなことを言ってくれました。

**「いま調子を崩す人は、
むしろ健康な精神の持ち主だと思うよ」**

落ち込むほうが当たり前。
そう思ったら、気持ちがとても楽になりました。

M

アメリカに住んでいます。
非常事態宣言が出る少し前、
食料や日用品を備蓄するため、
近所のスーパーへ行きました。

すでに商品の半分は売れてしまい、棚はガラガラ。
残っているものを奪い合うような状況で、
普段買っているものなど、選べるはずもありません。

しかし、ふと飲料コーナーを見ると、
私がよく買っていたカフェラテが！

棚の一番上に、ひとつだけ残っています。

背の低い私には届かず、立ちつくしてしまいました。

すると、偶然通りがかった初老の男性が、

「あれが欲しいの？」

と声をかけてくれ、ひょいっと取ってくれました。

ささいなことですが、
殺伐とした空気のなか、
人の優しさに触れて感動しました。
この出来事は一生忘れないと思います。

Hanako

数年前、初めての土地に引っ越してきました。
友達もおらず、主人の帰りも遅い。
一人で育児に追われていました。

コロナウイルスのせいで、
さらに孤独になりました。

公園で子供を遊ばせ、
「帰ったら夕飯とお風呂と寝かしつけか……」と思いながら、
ベビーカーを押して歩いていたとき。

すれ違いざまにおばさまが、

「ママえらいわね」

と一言だけ声をかけてくれました。
フワッと心が軽くなりました。

「そうだ。私はえらいんだ」
自分を認めてあげたら、とても楽になったんです。

母親なら当たり前のことと思っていると、
自分を追い込むだけですね。

あのときの、おばさま。
本当にありがとうございます。

スタンママ

大型スーパーで働いています。

緊急事態宣言が出たころ、
マスクが手に入らなかったので、
手作りのマスクをして売り場に出ていました。

いつものように品出しをしていると、
七十代くらいのご夫婦に
「そのマスクは手作りですか？」
と聞かれました。

「そうです」と答えると、
ご主人が

「手作りまでして、がんばってくださるおかげで、
こうして買い物ができます。
ありがとうございます」

と頭を下げられました。
奥様も「ウイルスをもらわないように、
気を付けて下さいね」と言ってくださいました。
ストレスがたまる時期でしたが、
心から幸せを感じた出来事でした。

りんご

おわりに

「発言小町」は、読売新聞が運営するインターネットの女性向け掲示板です。誕生から二〇年がたち、今では毎日、二〇〇〇件前後の投稿が寄せられ、月間のユーザー数が六〇〇万人を超える場に成長しました。

最初に相談や話題を投げかける書き込みを「トピ」（＝トピック）、書いた人を「トピ主」と呼んでいます。トピに答える投稿を「レス」（＝レスポンス）と言います。内容はくらしにかかわることすべて。恋愛や結婚、離婚などの男女関係、妊娠出産や育児、嫁姑や友人関係、仕事や健康など多岐にわたります。

私たちが大事にしているのは、誰もが自由に安心して書き込めるような場であり続けることです。そのために、日々、編集部のスタッフが誹謗《ひぼう》中傷や公序良俗に反する部分はないか、事前に投稿をチェックしてから掲載しています。こうして今日も発言小町では、見知らぬ誰かの悩みに多くの人々が寄り添い、励ましたり励まされたりしています。

「発言小町のおかげで救われました。本当に感謝しています」。そんな声をかけられることもあります。海外で孤独な育児をしながら、掲示板で同じような悩みを見つけ、「私だけじゃない」と励まされたというのです。メールアドレスとハンドルネームだけで気軽に投稿できるので、誰にも言えない悩みを相談する人、自分の考えに自信が持てず客観的な意見が知りたいという人、他愛のない日常生活の疑問を尋ねる人……使い方は千差万別です。投稿はせずに、読むのを楽しみにしてくださっている方もたくさんいます。それも大歓迎です！

大手小町編集部では発言小町の二〇周年に際して、忘れがたい〝名作トピ〟を二〇点、ピックアップしました。

▽オレの飯、まだなんだけど　▽義理の母親の出す食事が自分だけ、少なくされる　▽このクラシックのタイトルを教えてください　▽何とか結婚出来ないものでしょうか　▽一九歳でホームレス生活。限界を感じています。　▽私のせいでママ友が角刈りになってしまいました。　▽毎日イライラ子育てが一転、

ニコニコ笑顔になりました　▽スキニーはくと岡っ引き（駄）▽こんなときにイケメンだなんて。（とても駄）……

嫁姑の葛藤、夫婦関係のこじれ、ママ友とのつきあい、恋愛の思い出、クスッと笑える「駄」トピなど、読んでいるとついつい時間を忘れてしまう話題が詰まっています。

この本のもととなったトピ「他人の何気ない一言に助けられた」も、忘れがたい名作中の名作です。このトピックが掲示板に掲載されたのは、二〇一〇年四月一九日。仕事も恋愛もうまくいかず悩んでいたトピ主の「ふくろう」さんは、残業して帰宅するために乗ったタクシーで、運転手さんから何気ない言葉をかけられます。なぜかその一言がうれしく、助けられたといいます。そして、同じような体験がないかを発言小町で問いかけたのです。

すると、次々に体験談が寄せられ、多くの読者の共感を呼びました。トピックを読みながら、「私にもそういう体験あったかな」と自分自身を振り返る、誰かを元気づけた一言に自分も救われた思いになる——そんなふうに、共感の輪が広がっていったのでしょう。

その年、編集部がユーザーと共に一番印象に残ったトピを選ぶ「発言小町大賞」がスタート。このトピは、最初のベストトピに選ばれ、一一年一月に出版されました。その後、三月に私たちは東日本大震災を経験します。この本は、なすすべもなく立ち尽くすしかなかった私たちに、日常を生きていくための、小さいけれど確かな力を与えてくれたのではないかと思っています。

それから一〇年。世界は新型コロナウイルスという脅威にさらされ、外出ができない不自由な生活、家計の悪化などで社会全体が重苦しい空気に包まれました。目に見えないウイルスの存在に、私たちは家庭でも公共の場でもどんな風に振舞えばよいのか、みんなで悩みました。だからこそ、いま改めてこのトピを読むと、誰かが誰かのために発した何気ない一言が、疲れた心をほっと温かく包んでくれるように感じます。

今回、装いを新たにした文庫版を皆さんのお手元に届けることができました。

文庫化にあたり、発言小町で改めて「『他人の何気ない一言』に救われたこと、ありますか？」と問いかけました。仕事で追い詰められたとき、家族を亡くしたとき、子育てに追われる中での、様々な「一言」が寄せられ、そのうちのいくつかを収録しています。コロナ禍での「一言」を集めた「マスクをしながら一言」の章も加えました。

本書を読めば、つらいとき、苦しいとき、あなたに寄り添う一言が見つかるはずです。

発言小町はこれからも、全国、いえ世界各地に住む〝小町さん〟たちの「温かなお節介」があふれる、井戸端会議の場でありつづけます。だからあなたも、モヤモヤしたら発言小町をのぞいてみてください。お待ちしています。

大手小町編集長　小坂佳子

本書は『他人の何気ない一言に助けられました。「発言小町」３００万人が泣いた魔法の言葉』（二〇一一年一月、中央公論新社刊）を改題し、新たな内容を加えたものです。

イラスト　平野端恵

中公文庫

他人《たにん》の「何気《なにげ》ない一言《ひとこと》」に助《たす》けられました。
——600万人《まんにん》が泣《な》いた魔法《まほう》の言葉《ことば》

2020年11月25日　初版発行

編　者　大手《おおて》小町《こまち》編集部《へんしゅうぶ》

発行者　松田陽三

発行所　中央公論新社
〒100-8152　東京都千代田区大手町1-7-1
電話　販売 03-5299-1730　編集 03-5299-1890
URL http://www.chuko.co.jp/

DTP　嵐下英治
印　刷　三晃印刷
製　本　小泉製本

Published by CHUOKORON-SHINSHA, INC.
Printed in Japan　ISBN978-4-12-206987-9 C1195